AF398862

Regina Oversberg

Neue Geschichten
über Herbert, Hubert und andere Zeitgenossen

Das Leben hält eben so manche Überraschung bereit und nichts scheint unmöglich zu sein. Nach der Veröffentlichung meines ersten Buches „Geschichten über Herbert, Hubert und andere Zeitgenossen" gibt es noch immer einiges über sie zu erzählen. Da sind zum einen Herberts Streiche, die er als junger Mann seinen Arbeitskollegen spielte; natürlich immer aus höheren Beweggründen heraus. Auch die Geschichten, wie die Tierfreundin Hilde ihre Liebe zu Waschbären entdeckte oder wie Herbert und Hubert die Retter in der Not sind, waren noch nicht erzählt. Jetzt erfährt man auch endlich, wie Heiner zu seinem Schneeschieber kam oder was er in einer Harzer Kneipe am Fuße des Brockens erlebte. Hubert begegnet uns in seiner Paraderolle als Weihnachtsmann und als furchtbar armer Pechvogel. Viele der Geschichten werden für so manchen einen Wiedererkennungswert haben. In 14 Episoden erfahren Sie neues über Herbert, Hubert und die anderen Zeitgenossen, wie Heiner, den Globetrotter, oder Heinz, den Angler.

Neue Geschichten
über Herbert, Hubert und
andere Zeitgenossen

Regina Oversberg

FSC
www.fsc.org
MIX
Papier aus verantwortungsvollen Quellen
Paper from responsible sources
FSC® C105338

Regina Oversberg

Neue Geschichten über Herbert, Hubert und andere Zeitgenossen

pkp

Schlagworte
Geschichten, Erzählungen, Alltagsgeschichten, Anekdoten, Familiengeschichten

Impressum
© Regina Oversberg, Bad Dürrenberg, 2015 – Umschlag- und Titelgestaltung: Pierre Kynast – Titelbild: Regina Oversberg

Erste Ausgabe © pkp Verlag, Pierre Kynast, Leuna, November 2015 – Internet: http://www.pkp-verlag.de – Herstellung und Vertrieb: Books on Demand GmbH, Norderstedt – Taschenbuch: ISBN 978-3-943519-20-4 – E-Book: ISBN 978-3-943519-21-1

Inhalt

1.

Der Blindgänger

Dass der Meister ihn zum Grabenschachten auserkoren hatte, machte Herbert schon recht verdrießlich, denn das bedeutete schwere Arbeit und Bezahlung nach dem spärlichen Stundenlohn. Umso mehr fühlte sich Herbert angespornt, die ungeliebte Aufgabe so schnell wie möglich zu bewerkstelligen und genau damit hatte sein Meister gerechnet. Während sich Herbert in der Hitze des Sommertages verzweifelt gegen das Erdreich abrackerte, sah sein Vorgesetzter immer wieder mal kurz vorbei, um sich vom Fortschritt der Arbeit zu überzeugen. Herberts Verdrießlichkeit schlug deshalb nun nach und nach in stille Wut um und so fasste er einen Beschluss: „Der Meister war mal wieder fällig!" Nichtsdestoweniger waren in dem Graben die Möglichkeiten zur Rache sehr begrenzt. Da fiel Herberts Blick auf einen in der Nähe befindlichen Schrotthaufen. In einem geeigneten Moment, also zwischen zwei meisterlichen Inspektionen, huschte Herbert aus dem Graben und besorgte sich aus dem Altmetall ein etwas größeres, flaches, aber vor allem rundes Blechstück. Das presste er in die Seitenwand des Grabens hinein und wartete, bereits innerlich feixend, auf seine Chance. Nicht lange darauf stand sein Vorgesetzter wieder prüfend am Grabenrand. Nun nahm sich Herbert Zeit, ließ sich auf ein Gespräch ein und zeigte dabei eher beiläufig auf das Blechstück in der Grabenwand mit der Frage: „Was könnte das hier wohl sein?" Der Meister betrachte den Gegenstand, verlor schlagartig etwas von seiner rosa Gesichtsfarbe und erklärte forsch: „Da muss ich sofort Meldung machen! Das könnte ein Blindgänger aus dem zweiten Weltkrieg sein!" Skeptisch richtete sich Herberts Blick wieder auf das rostige Etwas. „Wozu Meldung, das kriegen wir auch selber raus.", und schlug im selben Moment mit seiner Spitzhacke zu. Das war nun eindeutig zu viel für die Nerven des Vorgesetzten! Mit einem einzigen Satz schmiss er sich krachend auf den Boden, die Arme schützend um den Kopf gelegt und erwartete in jedem Moment eine gewaltige Detonation. Doch stattdessen folgte auf Herberts Hieb nur ein schepperndes Klappern im Graben. Vorsichtig und leichenblass hob der Meister wieder seinen Kopf, stierte fassungslos auf das runde Metall und dann wieder zu Herbert. Langsam dämmerte es ihm, dass diese „Bombe" nicht auf das Konto der angloamerikanischen Flieger ging, sondern nur von Herbert stammen konnte. „Du elender Hund!", schimpfte der Meister, stand mit einem Schwall an bösen Flüchen wieder auf und verzog sich für den

Rest des Tages in sein stilles Kabuff. Erst am nächsten Tag konnte er mit den anderen über Herberts üblen Scherz lachen

2.

Der Schneeschieber

Heiner gehört zu Herberts ältesten Freunden. So manche Fete, so manches Billardspiel haben beide zusammen verbracht. Doch seit zwei Jahren macht sich Heiner rarer, denn Heiner gehört zu den junggebliebenen Alten, die ihr Rentnerdasein auf Luxusreisen genießen wollen. Nach einer zünftigen Abschiedsparty, die zufällig mit Hannis 65. Geburtstag zusammenfiel, packten beide ihre Koffer und nahmen ihre erste große Weltreise in Angriff. Drei Monate schipperten sie an antiken Stätten vorbei, drei Monate genossen sie Sonne und azurblaues Wasser und nur ab und zu sendeten sie ein Lebenszeichen per Mail an die Freunde im kalten Deutschland. Als sie schließlich braungebrannt und bestens erholt zurückkamen, wirkten sie wie superreiche Südeuropäer, denen nur noch die fingerdicken goldenen Ketten um den Hals fehlten.

Angekommen auf dem Flughafen wurden sie von ersten zarten, vereinzelten Schneeflocken, die aus dem nachtschwarzen Himmel sporadisch fielen, auf heimatlicher Erde verträumt begrüßt. Herberts

Begrüßung fiel dagegen eher unterkühlt aus, da er bereits seit zwei Stunden auf die Ankunft des verspäteten Fliegers gewartet hatte, in dieser Zeit die Tages-Zeitung mehrfach gründlich studiert und zwischendurch den Himmel immer wieder prüfend beobachtet hatte. Immerhin erhörte der Himmel sein Flehen und sie kamen ohne Probleme zu Hause an. Als Herbert schließlich sein Garagentor schloss, warf er einen letzten Blick nach oben, um mit der Erfahrung eines alten Schneekenners festzustellen: „Morgen früh muss ich den ersten Schnee schieben!" Auch Heiner und Hanni schwante in dieser Nacht nichts Gutes und auch sie wurden in ihren Vorahnungen bestätigt. Die Landschaft glitzerte am Morgen durch Millionen und Abermillionen zerbrechlicher Schneekristalle, die der Kälte des Wintermorgens ihre Existenz verdankten. „Kaum zu Haus angekommen, müssen wir uns schon wieder mit Schneeschieben beschäftigen!", stöhnte Hanni auf. „Macht nichts", meinte Heiner, „nach so viel Ruhe tut mir das bisschen Schneeschieben mal wieder ganz gut!" Heiner stapfte zu seiner Garage, holte seinen guten alten Schneeschieber und begann mit dem Werk. Sein Grundstück ist großzügig angelegt, mit einer langen, breiten Auffahrt und einen ebenso langen Fußweg davor. Natürlich ist Heiner noch fit, sportlich geübt, aber trotzdem doch 70 Jahre alt. Er wollte es sich nicht eingestehen, doch die ungewohnte Arbeit strengte ihn schon sehr an. So kam es, dass er kurz vor dem Ende der Arbeit, aus Unvorsichtigkeit oder aus Schwäche die Seitenmauer der Einfahrt unsanft rammte. Mit einem dumpfen Knall waren im selben Moment aus einem Schneeschieber zwei geworden, wie beim Zauberlehrling, nur nicht so vollendet, denn keines von beiden Teilen ließ sich nun noch für die ihm zugedachte Aufgabe benutzen. Mit dem größeren Bruchstück kratzte Heiner schließlich stöhnend und schimpfend den restlichen Bürgersteig frei und machte darauf die wohlverdiente Pause bei einem Gläschen Pilsner. Nachdem er sich einigermaßen erholt hatte, klärte er Hanni auf: „Wir müssen heute noch zum Baumarkt fahren! Der Schneeschieber ist kaputt, wir brauchen einen neuen.“ So fuhren sie also nach dem Mittagessen los, wobei die während der langen Reise antrainierte Mittagsruhe von beiden schmerzlich vermisst wurde. Das einsetzende Tauwetter ließ sie zusätzlich an der Sinnhaftigkeit ihres Tuns zweifeln. Keine guten Vorzeichen für so ein großes Vorhaben. Aber nun waren sie unterwegs, stöberten in den Regalen des Baumarkts herum und wurden auch fündig. Eine lange Reihe bester Schneeschieber zum Preis von je 9,95 € forderte zum Kaufen auf! „Die habe ich schon billiger gesehen!“, erklärte Heiner entrüstet. Auch Hanni glaubte sich an einen niedrigeren Preis erinnern zu können, im Vorjahr, bei Minipreis! Also wieder die 10km zurück, zu Minipreis und dann die Enttäuschung! Alle Schneeschieber waren ausverkauft, verkauft zu einem Traumpreis 9,90 €. Nachdem sich Heiner einigermaßen von dem Schock erholt hatte, meinte er: „Für heute haben wir genug getan. Der Schnee ist fast weg und nächste Woche fahren wir wieder zum Baumarkt. Wir hätten ruhig unsere Reise verlängern sollen, dann könnte Herbert jetzt das bisschen Zeug wegräumen. Für eine Flasche Ouzo macht der das doch. Die Flasche für die Taxifahrt sollten wir ihm heute noch bringen." Heiner und Hanni waren sich einig, der Schnee schmolz weiter dahin und ihre Laune besserte sich. In den nächsten zwei Wochen ließ sich keine einzige Schneewolke am Horizont blicken, keiner erinnerte sich deshalb an die notwendige Anschaffung. Doch es war Winter und als sie schließlich bei Herbert die mitgebrachte Ouzo-Flasche in seinem kleinen Wintergarten genossen, erzählte der von seinem Glück, wohl den letzten Schneeschieber im Baumarkt ergattert zu haben. Heiner wurde bleich im Gesicht. Ausverkauft? Gleich am nächsten Morgen stand er als erster Kunde vor dem Geschäft, zwar frierend und unausgeschlafen, doch jetzt würde er nicht mehr weichen. Immer noch hoffte er, dass sich Herbert geirrt hatte? Doch Herbert behielt Recht. Alles ausverkauft, Nachlieferung ungewiss! Zerknirscht und sich mit Vorwürfen überhäufend fuhr Heiner nach Hause zurück. Hanni konnte es kaum fassen. „Wie früher in der DDR!" lautete ihr Kommentar. „Ich suche mal bei EBay, die haben doch einfach alles!", tröstete er seine Frau. Und eBay hatte jede Menge Schneeschieber, edle Modelle mit geglätteter, umränderter Schiebefläche aus poliertem Aluminium, mit edelstahlverstärkten Stielen. Gute Modelle für viele Jahre zum stattlichen Sofortpreis ab 43,50 €. Heiner zuckte beim Lesen merklich zusammen. Na ja, es standen da noch andere Anbieter zur Auswahl, wie zum Beispiel Amazon. Aber auch dort gab es nach Heiners Meinung nur Schneeschieber für angehende Millionäre. Besonders die Frage, wem er das edle Modell mal nach seinem Ableben vererben sollte, verzögerte seine Entscheidungsfreudigkeit beachtlich. Heiner beschloss, noch eine Nacht darüber zu schlafen. Doch die Wetterfront nahm in dieser Nacht wenig Rücksicht auf sein preissensibles Verhalten. Dicke, schwere Schneewolken schoben sich über das Land und entleerten beharrlich ihre Last, alles in eine weiße Märchenlandschaft verzaubernd. Am Morgen platzte Hanni der Kragen: „Bestell jetzt endlich einen verdammten Schneeschieber! Billiger werden sie in diesem Winter nicht mehr. Du kannst natürlich auch mit dem Teelöffel den Schnee wegkratzen!" Heiner gab endlich seine Zurückhaltung auf und loggte sich bei eBay ein. Wieder konnte er nicht glauben, was er las. Auch die Modelle für 43,50 € waren inzwischen ausverkauft, denn die massive Schneefront hatte zunächst den Westen Deutschland heimgesucht und dort den Bedarf an Schneeräumer sprunghaft ansteigen lassen! „Hanni, die für 43,50 €

sind nun auch weg! Jetzt gibt es nur noch welche für 49,95 €. Was machen wir nun?" Kurz und bestimmt lautete ihre Antwort: „Bestellen!" Heiner gehorchte, immer noch widerwillig, doch drei Tage später stand ein ganz besonders exquisites Modell im Hof, ein Profi-Schneeschieber, glänzend, robust, mit ausklappbaren Seitenblechen, rückenschonend und mit Gummilippe. „Na ja", meinte Hanni, „mit dem kann man sich wenigstens draußen sehen lassen!" Prompt übernahm sie darauf auch die erste Schicht. Heiner stellte sich, prüfend und mit Ratschlägen nicht geizend, daneben und wartete auf seine Chance, die ihm schließlich auch von Hanni eingeräumt wurde. Es war nur schade, dass sich keine Zuschauer blicken ließen. „Der Winter ist ja noch lang.", tröstete Heiner sich selber und trug das gute Stück in den Hausflur, damit es stets griffbereit zur Hand war. Der Schnee war geräumt, die Wolken hatten sich ihrer Last vollständig entledigt und nun strahlte eine helle Wintersonne vom stahlblauen Himmel herab. Eine sibirische Wetterfront nahm mit klirrender Kälte Besitz von Europa, schob jedes Tief vom Atlantik nordwärst und kroch genüsslich auf Südeuropa zu. Im Wetterbericht lagen die Sensationen nicht mehr in den Schneehöhen, sondern in den erreichten, rekordverdächtigen Kältegraden. Jeden Tag erwartete Heiner nun mit Anspannung den Wetterbericht, studierte im Internet Wetterlagen, die Bedeutung von Hoch- wie Tiefdruckgebieten, Großwetterlagen, doch er fand wenig Tröstliches! Bis zum Ende des Winters entwickelte er sich zu einem ausgesprochenen Wetterexperten, er hätte sogar Sven Plöger vom ARD-Wetterstudio beraten können. Aber Schnee fiel in jenem Winter keiner mehr!

3.
Hilde auf Abwegen

Hildes Tierliebe führte mit der Zeit dazu, dass in ihrem Haus mehrere Katzen und Kater ein liebevolles Obdach gefunden hatten. Einige von ihnen genossen ihr Leben in Herberts Sessel, andere liebten ihre Freiheit und wilderten den ganzen Tag durch die Gärten und Höfe der Umgebung. Erst am Abend, wenn Hilde mit dem Fressnapf klapperte, trudelten sie dann nacheinander wieder ein, um ein Schälchen „Wiskas", „Felix" oder andere Leckerbissen zu genießen. Doch immer wieder kam es vor, dass die graue Mieze mit dem ausgefranzten Ohr auf sich warten ließ. Deshalb hielt Hilde für sie immer eine Extraportion bereit, die auf der Veranda des Hauses auf den Stromer wartete. Das hatte sich bald auch in der Igelwelt herumgesprochen! Regelmäßig zur Abenddämmerung fanden sich immer mehr Igel auf den Fütterungsplatz ein und ließen sich das Katzenfutter schmecken. Binnen kurzem fand Hilde heraus, wer in der Nacht immer die Näpfe so reinlich leer putzte. „Die arme Mieze, die wird mir noch verhungern!", jammerte sie daraufhin und stellte ab sofort eine weitere Schüssel mit besten Katzendelikatessen dazu. Um sicher zu gehen, dass nun alles in seinem geordneten Gang verlief, überprüfte Hilde regelmäßig in der Abenddämmerung die Fütterungsstelle heimlich durch das Stubenfenster. „Ach, wie niedlich!", rief sie eines Abends Herbert zu, der darauf nur kurz und leicht genervt von seinem Fernseher aufblickte. „Guck doch mal, schnell!", schob Hilde nach, worauf er sich schließlich von seinem Kater und dem Fernseher löste, und sich lustlos zum Fenster bewegte. Langsam gewöhnten sich seine Augen an die Dunkelheit und so konnte er es schließlich auch erblicken. Vor den Futternäpfen, zwischen den Igeln, hockte ein größeres, graues Etwas mit dicken Hintern und einem kessen Blick aus kugelrunden Augen und testete in aller Seelenruhe all die Leckereien durch. „Hilde, das ist doch ein Waschbär! Wo kommt der nur her?", erschrak Herbert. „Ist der nicht niedlich? Bevor er verschwindet, werde ich schnell ein Foto machen. So was sieht man doch nicht alle Tage!", antwortete Hilde mit der glücklichen Ausgelassenheit eines wahren Tierfreundes in der Stimme. Sie machte ihr Foto. Doch von dem ganzen Tier waren eigentlich nur die Augen erkennbar, scheinwerferartig leuchteten sie aus dem Kopf heraus. Ein leichter Grusel zog beim Betrachten des Bildes durch ihren Magen. Hilde irrte sich gründlich, dass sie diesen Waschbären nicht wiedersehen würde. Jeden Tag, in der Stunde des ersten

Dämmerlichts, fand sich Hugo, wie sie das Tier inzwischen nannte, pünktlich zur Fütterung ein. Jeden Tag stellte sie größere Portionen vor die Verandatür und jeden Tag wurde alles bis auf den letzten Happen verzehrt. Hilde war stolz auf sich, denn nicht jeder hatte so viele Stammgäste an Wildtieren vorzuweisen wie sie! Mehrere Wochen konnte sie nun Abend für Abend das seltene Schauspiel auf der Terrasse beobachten und sich täglich aufs Neue daran erfreuen, bis eines Abends hinter Hugo noch sechs weitere kleine Waschbären aus dem Holunderbusch krabbelten. „Ach, wie drollig! Herbert komm schnell!", rief sie wieder mal ungeduldig zum Sofa rüber. „Unser Hugo ist ein Weibchen und hat Junge bekommen!" Wieder standen sie beide hinter dem Fenster und genossen das possierliche Tun ihrer Kostgänger mit einem leicht tränenverschleierten Blick. Von nun an brachte die Waschbärendame ihren Nachwuchs Abend für Abend mit zum Fütterungsplatz und mit jeden Mal wurde die Bande lauter und frecher. Die Terrasse wurde zum Kampfplatz, die Waschbärenkinder bestimmten die Regeln und Igel und Freigängerkatzen konnten sich nur noch mit List und Schnelligkeit ihren Futteranteil erkämpfen. Doch am schlimmsten war der Tumult, der Lärm, der nun auf Herberts und Hildes Terrasse täglich aufs Neue ausbrach. Mit Herberts ruhigen Fernsehstunden war Schluss, was ihm zunehmend die gute Laune verdarb. Ja, Herbert wurde regelrecht stinksauer! Hilde musste einsehen, dass sie einer solch riesigen Meute an Waschbären auf die Dauer kein Asyl geben konnte. Was nun? Der Anruf beim Jäger war für Tierfreundin Hilde keine Option, also kam nur eine Umsiedlung in Frage, heimlich und in der Stille der Nacht. Eine Lebendfalle war bald beschafft und an einem versteckten Platz im Garten aufgestellt. Als Köder wurde das Bärenlieblingsfutter „Felix in Gelee" auf einem Teller kredenzt und auf dem Auslösemechanismus der Falle platziert. Und wirklich, es klappte, Hildes Plan ging auf! Schon nach relativ kurzer Zeit saßen die ersten zwei Bärenkinder in der Falle. Es war nicht zu überhören, denn sie machten mit einem ohrenbetäubenden Lärm auf ihre prekäre Lage aufmerksam und sprangen dabei heftig und rasend vor Angst in ihrem Gefängnis hin und her. Bei ihrem Anblick hätte Hilde den Käfig am liebsten wieder geöffnet, doch die Erinnerung an Herberts üble Gemütsverfassung ließ sie von ihrem Plan schließlich absehen. Noch in derselben Nacht bugsierte sie die Kiste in den Kofferraum ihres Autos und machte sich mit ihrer Fuhre auf den Weg zu einem neuen Lebensraum für ihre nun heimatlosen Waschbären. Sie hatte den Ort auf der anderen Seite des Flusses mit Streuobstwiesen, Buschwerk und Feldern gut gewählt. Natürlich war es Hilde auf dieser Fahrt gleich im doppelten Sinn mulmig zumute, denn zum einen drückten sie die Sorgen der Tierfreundin um das Leben dieser kleinen Bärenkinder und zum anderen befürchtete sie, entdeckt werden zu können. Doch alles lief gut. Angekommen, Klappe auf und hops, noch ehe Hilde bis Drei zählen konnte, sprangen ihre Schützlinge ab ins Gebüsch und blieben für immer verschwunden. Abend für Abend machte sich nun Hilde auf, um ihre Waschbärenfamilie umzusiedeln. Doch mit jedem Tag kamen die Bären, nun bereits misstrauisch geworden, immer später zur Fütterung. Letztendlich siegte wieder der Hunger vor der Furcht und so ging auch schließlich die Bärenmama in die Falle und wurde zur Familienzusammenführung abtransportiert. Nun blieb nur noch ein einziges Jungtier übrig, was sich aber in den nächsten drei Tagen nicht blicken ließ und als es dann am Tag darauf doch in die Falle tapste, war es bereits gegen 23.00 Uhr. Nun hatte es Hilde verständlicherweise mit ihrem Transport sehr eilig. Wieder ging es runter zum Fluss, wieder öffnete Hilde die Kofferraumklappe, die Tür zur Falle und wieder wartete sie. Der junge Bär kam sehr vorsichtig und lugte zunächst nur aus seinem Käfig heraus. Dann wagte er den Sprung auf die Straße, doch noch ehe Hilde es richtig begriff, hechtete er mit einem kräftigen Satz wieder in ihr Auto rein und zwängte sich durch einen Spalt ins Armaturenbrett hinein. Ratlos und schockiert stand Hilde daneben. Es war inzwischen Mitternacht geworden und Herbert wurde durch eine recht rasante Fernsehwerbung aus seinem ersten Schlummer gerissen. Er sah sich um, bemerkte Hildes leeren Platz, sah auf die Uhr und machte sich daraufhin ins Schlafzimmer. Vorsichtig schlich er zu seinem Bett, schüttelte die Decke auf und sah dabei zu Hildes Bett rüber. „Hilde?", fragte er entgeistert, denn ihr Bett war leer und noch völlig unbenutzt. Herbert konnte es nicht fassen, seine Frau war verschwunden! „Vielleicht war etwas passiert und sie lag irgendwo bewusstlos im Haus.", rätselte der nun besorgte Ehepartner. Also begann er seine Frau zu suchen. Alle Zimmer des Hauses bis runter in die Garage wurden durchforscht. Doch schließlich musste er festzustellen, dass auch Hildes Auto nicht an ihrem Platz zu finden war. Jetzt hatte Herbert Gewissheit, seine Frau war irgendwo da draußen, mitten in der Nacht und heimlich unterwegs. Seine Frau ging bestimmt fremd! Ihr Handy hatte sie wohl deshalb zu Haus liegen gelassen. Ruhelos tigerte er durch die Wohnung, sah immer wieder auf die Uhr, lauschte auf das kleinste Geräusch und wartete. Vergebens!

Auch Hilde wartete vergebens. Es hatte zu regnen begonnen und sie hoffte nun von Minute zu Minute, dass der kleine Frechdachs doch wieder aus seinem Versteck auftauchen würde. Sie lockte mit Katzenleckerlis, redete dem kleinen Kerl gut zu, und versteckte sich schließlich hinter dem Auto, um ihm den Weg zur Flucht freizugeben. Doch es war alles für die Katz! Als Hilde wieder auf ihre Uhr sah, erschrak sie. Es war bereits 1.30 Uhr! Tiefste Nacht-

stille lag auf der Landschaft, wobei der leichte Nie-
selregen auch das letzte Geräusch zu verschlucken
schien. Hilde horchte in die Stille hinein. Knatterte
da nicht ein Moped? Das Geräusch wurde nun lauter
und kam mit einem hüpfenden Lichtkegel stetig näher. „Hilfe“, jubelte es innerlich in Hilde, „endlich
Hilfe!“ Ein zartes Lächeln legte sich auf ihr Gesicht,
als der Mopedfahrer schließlich hielt und seine
Schutzbrille nach oben schob. „Was ist denn passiert, junge Frau? Kann ich ihnen vielleicht helfen?“,
fragte er ausnehmend höflich nach. Hilde atmete tief
durch, endlich konnte sie jemanden ihr Problem
erklären. „Mir geht es gut, aber mir ist ein Waschbär
ins Armaturenbrett gekrochen und der kommt nicht
wieder raus. Schauen sie mal hier rein, dann können
Sie ihn sehen!“, klärte sie den besorgten Fahrer auf.
Augenblicklich schlug die Sorge im Gesicht des
Mannes in Befremden um. „Ne, ne junge Frau! So
einen Quatsch können Sie mir nicht erzählen!“ Mit
diesen Worten schob er eilig wieder seine Schutzbrille über die Augen, gab Gas und entschwand Hildes
Blicken. Mit dieser Reaktion hatte sie wohl am we-
nigsten gerechnet, weshalb sie dem Mopedfahrer
noch einen geraume Weile betroffen nachsah. „Was
nun?“, fragte sich die Tierfreundin und spürte dabei
eine Wut auf sich, auf den Bären und auf den fremden Mann in sich aufsteigen. Zornig knallte sie
schließlich alle Autotüren zu, setzte sich hinters
Lenkrad und für nach Hause zurück, wo sie bereits

von Herbert aufs Dringlichste erwartet wurde. Auch sein Zorn hatte sich von Stunde zu Stunde, in der er wartend vor seinem Fernseher saß, weiter gesteigert. Er erhoffte sich nun eine schlüssige Erklärung für ihr Verhalten, wollte wissen, wo sie die halbe Nacht gewesen wäre. Doch seine Wut prallte an der völlig erschöpften Frau ab, die sich sofort in ihr Bett plumpsen ließ und einem tiefen Schlaf ergab.

Der Waschbär indessen kletterte noch in derselben Nacht aus dem halbgeöffneten Autofenster heraus und verschwand für mehrere Tage in seinem Holunderstrauch. Danach ließ er sich von Hilde wieder mit dem guten Katzenfutter und anderen Naschwerk verwöhnen. Nachdem auch weitere Fangversuche gescheitert waren, gab sie ihm schließlich auch den Namen Hugo und nahm ihn damit wieder als Zögling auf. Hugo verteidigte sein Revier von nun an vehement vor anderen Waschbären und ließ sich nicht von Hildes fetten Futternäpfen vertreiben. Nur einer war schließlich stärker als er, der Jäger, der ihn im Jahr darauf beim Ausräubern von Vogelnestern erschoss.

In ihrer Trauer erzählte Hilde nun ihrem Herbert endlich, was in dieser einen Nacht passiert war. Doch ein bisschen Argwohn blieb in ihm dennoch zurück.

4.

Herbert und Hubert als Retter in der Not

In Herberts Nachbarschaft wohnt auch Heinz. Früher wurde er angesichts seiner zarten Gestalt und mangelnder Größe nur Heinzi genannt. Heute nennen ihn alle nur den Angler, da er in jeder freien Minute mit seinem Hund Socki runter zum Fluss radelt, um dort seinem Hobby, dem Angeln, nachzugehen. Manchen großen Fang hat er schon aus der Saale geholt und an die Nachbarschaft verteilt, denn Heinz isst keinen Fisch! Mit seinem spendablen Verhalten hat er sich natürlich in der Nachbarschaft sehr beliebt gemacht. Aber Heinz ist auch durch seine außergewöhnlich freundliche Art bekannt. Sobald der Angler auf seinem Weg ein bekanntes Gesicht nur von Weitem erfasst, hebt er mit unverkennbarer Freude den gerade freien Arm und winkt, winkt, bis der andere wieder aus seinem Blickfeld entschwunden ist. Auf diese Weise wähnt sich jeder der Begrüßten in der Überzeugung, dass genau er der beste Freund von Heinz sein muss. Doch Heinz hat für Freunde keine und für die Familie nur wenig

Zeit! Entweder muss er zur Schicht oder er geht seinem Hobby nach und sitzt dann angelnd am Ufer des Flusses, gedankenverloren und einsam, nur Hund Socki an seiner Seite, der ihn immer wieder einen treuen, ergebenen Blick zuwirft.

So war es auch an einem kalten Novemberabend. Heinz fuhr zum Angeln, doch schon am Nachmittag waren schwere graue Schneewolken über die Stadt gezogen, immer dichter und dunkler werdend, bis sie ihre Last nicht mehr halten konnten und einen undurchdringlichen Flockenwirbel zur Erde sandten. Kaum dort angekommen verloren die Schneekristalle ihre Form, schmolzen und blieben als nasser, kalter Fleck am Boden zurück. Generationen von Schneeflocken folgten, bis es den ersten gelang, an Ästen, auf den Dächern und am Boden liegen zu bleiben.

Der Winter begann mit diesem feuchtnassen Wetter und bot damit Herbert und Hubert einen ausreichenden Anlass für einen guten, starken Grog. Als beim zweiten Glas ihre Stimmung gerade in den gefühlten positiven Bereich gelangte, sie wohlige Wärme von innen und außen spürten, fiel Herbert wieder seine Beobachtung vom späten Nachmittag ein: „Stell dir mal vor Hubert, der Angler ist wieder unterwegs, runter zur Saale zum Angeln und im Garten hocken seine Kaninchen ohne jeden Wetterschutz auf dem blanken Rasen! So ein Vollidiot!" Hubert konnte ihm ausnahmslos zustimmen, was in der Regel durchaus nicht der Fall war. Es kam sonst schon recht schnell vor, dass beide über eigentlich belanglose Dinge einen dicken Dissens hatten. Doch an diesem Abend waren sie sich einig und beschossen schließlich, dass sie die Karnickel retten müssten! Nach einem letzten Schluck aus dem Glas zogen beide die Jacken an, setzten ihre warmen selbstgestrickten Mützen auf und es ging los, quer über die Straße. Voller Mitleid blickten sie auf den Käfig hinter dem Zaun, denn dort saßen zitternd und eng aneinandergedrängt die drei Tiere in einer Ecke, die Augen geschlossen, um wenigstens diese von den feuchtkalten Flocken frei zu halten. Also drängten sich Herbert und Hubert durch eine Lücke im Zaun, packten entschlossen den Käfig, hievten ihn über den Zaun, über die Straße und setzten denselben mit größter Vorsicht in Herberts Garage ab. Stolz funkelte in ihren Augen, als sich beide ansahen, um dann einen Blick in den Käfig zu werfen. Der Funken Stolz erlosch schlagartig und macht einer tiefen Betroffenheit Platz. Der Käfig war leer! Sie hatten nur ein Karree aus Brettern und Maschendraht gerettet, das nie einen Boden hatte, was Herbert ja auch in seinem Bericht eingangs erwähnt hatte! Hals über Kopf ging es wieder zurück, doch die Karnickel waren nicht mehr da, hatten sich schon längst einen trockeneren, gemütlicheren Platz gesucht. Nun brauchten Herbert und Hubert einen Plan, um die Ausreiser wieder einzufangen. Mit einem großen

Karton und Taschenlampen ausgestattet begannen sie kurze Zeit darauf mit dem zweiten, dem bedeutend schwierigeren Teil ihrer Rette-die-Kaninchen-Aktion. Um die Hasen nicht zu verscheuchen, schlichen sie äußerst achtsam durch den Garten, leuchteten jedes mögliche Versteck aus, rannten, hasteten und fingen ihre Schutzbefohlenen in einer dreißig minütigen Aktion schließlich wieder ein. Schweißbedeckt, völlig außer Atem brachten sie endlich auch die Ausreiser in Herberts Garage, beobachteten noch eine kleine Weile zufrieden das Ergebnis ihres Tuns und befanden einstimmig, dass sie sich nach dieser altruistischen Tat wohl eine Belohnung in Form eines weiteren Grogs verdient hätten.

Während Herbert in der Küche das bisschen notwendige Wasser zum Kochen brachte, ging bei Heinz im Hof das Licht an. Der Angler war endlich zurück und wollte nun seine Hasen ins Trockene bringen. Doch fassungslos konnte er nur auf den kahlen Standort blicken. Seine Zierkaninchen waren verschwunden, einfach weg. Unsicher ging er zu ihrem Ställchen. „Vielleicht hatte ich sie ja doch am Nachmittag noch reingeschafft?", überlegte er. Doch der Stall war leer, die Tiere blieben unauffindbar! „Welcher Idiot klaut einem bei solchen Mistwetter die Kaninchen samt Käfig?", entrüstete er sich. Schließlich schlich er tief bekümmert in sein Haus. Am nächsten Morgen standen Herbert und Hubert mit vorwurfsvollen Gesichtern vor seiner Tür, während drinnen bereits sein dreijähriger Sohn untröstlich vor sich hin heulte, so, wie nur Kinder heulen können, wenn sie den Verlust eines geliebten Tieres erleben. „Angler, du kannst dir deine Karnickel abholen. Wir haben sie gestern Abend gerettet, nun stehen sie samt ihrem Gatter in meiner Garage!“, erklärt Herbert. Heinz war zunächst sprachlos. Dann vermischten sich Erleichterung und ein schlechtes Gewissen zu einem mulmigen Gefühl in seinem Bauch, hatten doch beide Nachbarn ihr Missfallen an seiner Nachlässigkeit mit aller Klarheit zum Ausdruck gebracht. Schnell holte er die Vermissten zurück, brachte sie zu ihrem guten, trockenen Platz auf seinem Grundstück und fuhr noch am Vormittag zum Einkaufen.

Als Hubert zum abendlichen Umtrunk erschien, entdeckte er vor Herberts Haustür eine gute Flasche Rum mit einem Dankeschön-Kärtchen von Heinz daran. Nun fühlten sie sich in ihrer Retter-Rolle nochmals bestätigt und genossen mit einem unlöschbaren Schmunzeln im Gesicht ihre allabendliche Zeremonie.

Wenige Tage darauf konnte Herbert beobachten, wie Heinz der Angler sich an seinem Zaun zu schaffen machte. Mit neuen Latten schloss er alle vorhandenen Lücken und ließ dafür an diesem Tag sogar das Angeln ausfallen.

Als im nächsten Frühjahr die Sonne genug Wärme spendete, pflanzte Heinz vor dem Zaun eine

schnellwachsende Hecke, die bald eine stattliche
Höhe erreichte und ihn vor den alles überwachenden
Augen seiner Nachbarn schützte.

5.

Der modebewusste Hund

Socki war eigentlich ein Vorzeigehund, denn Heinz hatte sich für seine Ausbildung viel Zeit genommen. Befehle wie „Sitz" und „Platz" beherrschte er aus dem FF, er zog beim Gassi gehen schon lange nicht mehr an der Leine, bellte nie andere Hunde an und wenn er gerufen wurde, kam er auf den ersten Pfiff sofort wieder zu Herrchen Heinz zurück. Ja, Heinz war sehr stolz auf Socki. Doch wenn die Zeit kam, dass der Hund läufig wurde, fielen alle Schranken und Socki vergaß schlagartig seine gute Erziehung. Kaum war der Angler aus dem Haus, entkam er regelmäßig durch eine selbstgegrabene Lücke unter dem Gartenzaun des Grundstücks. In aller Seelenruhe streunte er dann durch die Straßen und Gassen des Ortes und landete letztendlich immer wieder vor Herberts Haus, wo Hasso schon lange wartete. Natürlich fiel die Begrüßung der beiden immer sehr euphorisch und laut aus. Sie rannten dann auf verschiedenen Seiten des Gartenzauns bellend auf und ab, so dass man der Meinung sein konnte, sie wollten sich in jedem Moment an die Gurgel springen.

Selbstverständlich fühlten sich Herbert und die anderen Nachbaren durch dieses Spektakel genervt und mahnten immer wieder: „Angler, mach deinen Gartenzaun dicht! Dein Hund macht das Treiben verrückt, wenn du nicht da bist. Sperr ihn am besten ein, wenn er läufig ist!“ Der Angler hörte sich die Belehrungen der Nachbarschaft mit größter Seelenruhe an und versprach Besserung. Doch letztendlich änderte sich nichts. Entweder erkannte er nicht, wann der Hund läufig wurde, oder er besaß ein besonders dickes Fell gegenüber gut gemeinten Ratschlägen. So kamen Herbert und Hubert zu der Ansicht, dass ihr Einsatz wieder einmal erforderlich war. Mit einer kaum zu überbietenden Vorfreude bereiteten sie sich gründlich auf das nächste Ereignis vor und Socki ging ihnen natürlich bei seiner nächsten Tour in die Falle. Mit guten Zureden und einem Stückchen Wurst holten sie ihn von der Straße und begannen darauf, den Hund mit einem Höschen, einem roten Kindermantel und einem roten Mützchen einzukleiden. Aus dem Mützchen hatten sie für die Ohren zwei Löcher geschnitten. Der Hund sah danach einfach süß aus und erinnerte in seiner Kostümierung an das gute Rotkäppchen aus Grimms Märchenbuch. Der einzige Unterschied waren wohl die 4 Pfoten, auf denen Socki nun auf der Suche nach neuen Abenteuern durch den Ort streifte. Überall, wo Socki erschien, zog er erstaunte Blicke der Bewohner auf sich und jeder fragte sich im Stillen, ob denn der Angler noch bei Trost sei, seinen Hund so einzukleiden. Als am Abend Heinz nach Hause kam, lag der Hund friedlich wartend vor der Haustür und rannte wie immer schwanzwedelnd auf sein Herrchen zu. Der musste sich erst fassen, als er seinen treuen Begleiter in voller Kostümierung vorfand und zog ihm teils belustigt, teils verärgert, die Kindersachen schnell wieder aus. Er ahnte, wer wohl für diesen Scherz verantwortlich war und nahm sich vor, Herbert bei nächster Gelegenheit diesbezüglich auf den Zahn zu fühlen. Aber bis er dazu kam, wurde er von allen möglichen Leuten gefragt, warum er seinen Hund als Rotkäppchen verkleidet durch den Ort hatte ziehen lassen. Die kritischen Blicke seiner Nachbarn veranlassten ihn nun doch, Socki beim nächsten Mal in der guten Stube einzusperren. Wer will denn schon für verrückt gehalten werden? Herbert und Hubert waren zufrieden.

6.
Hildes große Überraschung

Herbert musste ins Krankenhaus zur Knieoperation und deshalb wollte ihm Hilde für die Heimkehr eine besondere Überraschung bereiten. Sie fuhr also zu einem Fachhändler und kaufte nach eingehender Beratung einen neuen, extraflachen und extragroßen Fernseher. Wie ein Kind freute sie sich darauf, dieses neue Gerät bald Herbert vorführen zu können. Doch bis dahin war noch einiges zu tun, musste doch der Fernseher nach Hause transportiert und angeschlossen werden. Der Fachhändler klärte sich bereit, diese Aufgabe für 30 € zu übernehmen. Hilde stimmte zu und wähnte sich bereits als Glückspilz, weil ihr an diesem Tag wohl alles zu gelingen schien. Sie bedauerte bereits, dass für Transport und An-schluss an diesem Tag keine Zeit mehr blieb. Doch wie sagte Tom Buhrow von den Tagesthemen im-mer? „Morgen ist ein neuer Tag!" Der neue Tag kam und mit ihm der Handwerker und der superedle Flachbildschirm mit 3D-Funktion, Dolby-Sourrond-Ton und zarter, azurfarbener Hintergrundbeleuch-tung. Hilde strahlte, bestimmte den Platz zum Aufstellen und verfolgte gewissenhaft jeden Handschlag des Fachmanns. Es war nun nur noch das neue Loch für den Antennenanschluss zu bohren. Man beratschlagte sich gründlich, worauf der Experte seine Bohrmaschine nahm, sich nach draußen begab und sein Werk begann. Natürlich stand Hilde auch jetzt hinter ihm, um auch keinen einzigen Handschlag zu verpassen. Die Schlagbohrmaschine fraß sich lärmend durch den Beton, langsam, stetig und spuckte dabei Unmengen an Staub aus. Hilde war bei diesem Anblick froh, dass der Handwerker nicht von innen nach außen gebohrt hatte. Plötzlich rutschte der Bohrer durch die Wand und die Arbeit war geschafft. In freudiger Erwartung reichte Hilde dem Handwerker das Antennenkabel und verfolgte gebannt, wie es in der Wand verschwand. Erledigt! Nun brauchte der Meister nur noch das Verbindungsstück anzubasteln. Doch zurück im Wohnzimmer wurden sie sofort auf ein schwaches Plätschern hinter dem Bücherregal aufmerksam, von wo aus sich bereits eine größere Wasserpfütze ausbreitete. Hilde schwante nichts Gutes; da war etwas passiert! Auch der Meister wurde etwas blass und bemerkte schließlich: „Wir haben das Heizungsrohr angebohrt." Mit einem Blick, in dem schon eine gehörige Portion Fassungslosigkeit lag, erwiderte Hilde: „Von wir kann wohl kaum die Rede sein! Und was wird nun?" Kleinlaut lenkte der Fachmann ein, gestand seine Schuld und entwarf sofort einen Rettungsplan. Zunächst mussten sie an das verflixte Rohr rankommen. Also räumten beide hastig das Bücherregal aus, schleppten die 60 Brockhaus-Bände ins Nebenzimmer und bauten, in der sich immer weiter ausbreitenden Pfütze, das Regal abschließend ab. „Schüssel und ein Tuch!", ordnete der Meister an und Hilde stürzte schon in die Küche, um etwas Geeignetes zu holen. Beiden war klar, was nun zu tun war. Während Hilde das ausgelaufene Wasser mit Lappen und Eimer wieder einfing, bemühte sich der Fachmann, das Loch mit einem Druckverband provisorisch abzudichten. Es gelang und beide atmeten erleichterten auf.

„Kennen Sie jemanden, der uns das Rohr reparieren kann?", wurde Hilde nun gefragt. Augenblicklich wurde ihr damit klar, dass nun ein zweiter Experte her musste. Nach einigen Telefonaten und viel Überredungskunst war ein solcher schließlich gefunden und versprach, die Sache zu einem guten Preis zu erledigen. Zwei Stunden später traf der Angesprochene auch ein, begutachtete den Schaden und legte daraufhin seinen Plan dar. Um sich Zugang zum Loch zu verschaffen wurde nun von ihm, mit Hildes Zustimmung, ein 30x30 cm großes Loch an der beschädigten Stelle in die Wand geschlagen. Zur Schadensbegrenzung stand Hilde mit laufendem Staubsauger daneben, bemüht, die aufwirbelnden Staubwolken vom neuen Flachbildschirm und ihren guten Wohnzimmermöbeln fernzuhalten. Betrübt dachte sie dabei daran, wie sie sich am Vortag noch für einen großen Glückspilz gehalten hatte.

Schließlich war die Öffnung so groß, dass der Handwerker an das defekte Rohr herankam und mit der eigentlichen Reparatur beginnen konnte. Diesmal verzichtete Hilde auf die weiteren Beobachtungen, zog sich lieber in ihre Küche zurück, um sich mit einem guten Kaffee zu stärken. Nach einer halben Stunde fühlte sie sich stark genug, um wieder nach dem Rechten zu sehen. Mit einer Tasse heißen Kaffees schob sich Hilde wieder ins Wohnzimmer zurück, um gleich darauf enttäuscht zu werden. Der Fachmann war noch immer bei der Arbeit, drehte gerade das neue Gewinde für das einzusetzende Zwischenstück. „Na Meister, wie läuft es denn? Dauert wohl noch eine Weile?", meldete sich Hilde zurück, wobei sie ihm den frischgebrühten Kaffee rüberschob. Dankbar wurde das Getränk geschlürft und schon ging die Arbeit weiter. Als der Nachmittag zu Ende ging, packte der Experte die Gerätschaften zusammen und schrieb die Rechnung für zweieinhalb Stunden Arbeit, einschließlich des Materialeinsatzes. „Also, alles in allem sagen wir mal zweihundert Euro! Für das Loch müssen sie sich aber noch einen Maurer suchen. Das fällt nicht in meinen Kompetenzbereich!" Sagte es, nahm das Geld und verschwand. Hilde blieb überrumpelt zurück. Nachdem sie sich halbwegs wieder gefangen hatte, griff sie zum Gelben-Seiten-Buch und suchte in der Rubrik „Handwerker" nach einem weiteren Fachmann. Als sie in der Nacht allein zu Haus im Bett lag, musste sie ständig an das 30x30 cm große Loch im Wohnzimmer denken. Immer wieder stellte sich dabei vor, was durch diese Öffnung alles in ihr Zimmer eindringen konnte, wie Mäuse, Spinnen oder anderes Ungeziefer. Mit unendlicher Erleichterung nahm sie deshalb am Morgen die Ankunft des Maurers wahr. Stunden später war es endlich geschafft und gemeinsam schoben beide das Regal an seinen alten Platz zurück. Aus dem Nebenzimmer holte Hilde nun die Brockhaus Bände und begann mit dem Einstapeln. Doch noch bevor sie damit fertig war, brach das alte Regal mit lauten Plauzen zusammen und die wertvollen Bücher wurden unter den Brettern begraben. Wieder musste Hilde daran denken, wie sie sich vor zwei Tagen noch für einen Glückspilz gehalten hatte und zwei Tränen schossen ihr jäh in die Augen. Es dauerte eine ganze Weile, bis sie sich wieder beruhigt und einen neuen Plan gefasst hatte. Ein neues Regal musste her! Doch zunächst musste Hilde ihren Mann im Krankenhaus besuchen, um ihn zu trösten und um sich über seine Heilungserfolge zu informieren. Doch Herbert beklagte sich maulend darüber, wie furchtbar langweilig es im Krankenzimmer war und wie wenig Zeit sich Hilde für ihn nahm. „Ich bereite gerade eine Überraschung für dich vor.", wurde er von Hilde getröstet und schon war sie wieder unterwegs, ins Möbelhaus, um ein neues Regal zu beschaffen. Für 900 € fand sie schließlich etwas passendes, Lieferung in drei Wochen. Daraufhin beschloss Hilde, sich nie wieder voreilig für einen Glückspilz zu halten.

7.

Heiners und Hannis Zeitreise

Während sich Herbert langsam von seiner Knie-OP erholte und gemächlich an Krücken durch die Gegend humpelte, schmiedete Heiner wieder einmal Reisepläne. Da schlug Hanni vor, es doch mit einer Harzreise zu versuchen, denn seit der Wende hatten sie sich weiterentfernten Zielen verpflichtet gefühlt. Nun aber fand auch Heiner Gefallen an ihrem Vorschlag, da er dabei an die Harzreisen von Goethe und Heine und an ihre wunderbaren Beschreibungen denken musste. Ja, der Harz verstand es schon immer, die Menschen mit seinen dichten Wäldern, tiefen Schluchten, alten Burgen und nicht zuletzt mit dem deutschesten aller Berge, dem Brocken, in seinen Bann zu ziehen. An einem sonnigen Frühlingstag, der beste Sicht auf den Brocken versprach, fuhren sie los. Ihr erstes Ziel hieß Torfhaus, eine kleine Gemeinde im Oberharz, von wo aus beide auf alten Wanderwegen durch die Gegend herumstreifen wollten. Alles lief ab wie im Bilderbuch! Vom Parkplatz des Ortes aus hatten sie einen hervorragenden Blick auf den Brocken, eine wärmende Sonne lachte vom klaren Himmel herab und eine leichte Brise über die Höhenzüge des Gebirges kühlte ihre vor Erwartung glühenden Wangen. Sie holten ihre Habe aus dem Auto und wanderten schließlich los. Nachdem sie bereits einige Zeit unterwegs waren, wurden sie am Straßenrand auf ein einladendes Schild aufmerksam. „Bist du im Harzwald zu Besuch, dann komm in unseren Kaiserkrug!", las Heiner die auf der Holztafel gemalte Botschaft vor. Eine gehörige Portion Neugierde sowie Hunger und Durst ließen sie nicht lange nachdenken, die Entscheidung fiel und bald darauf standen sie vor der angepriesenen Lokalität mitten im tiefsten Harzer Wald. Sie schienen nicht die einzigen zu sein, die von der Botschaft angelockt worden waren, denn die Gaststube war proper voll. Überrascht blieben sie deshalb im Eingang stehen und sahen sich verzweifelt nach einem freien Tisch um. Dabei sprang ihnen der unverwechselbare Vorwendecharme des „Kaiserkruges" gnadenlos ins Auge. Hier hatte sich augenscheinlich in der Ausgestaltung des Raumes seit einem halben Jahrhundert nichts verändert. Neu waren eventuell die abgenutzten Papiertischdecken, auf denen die kleinen Papierblumentöpfe den gestalterischen Höhepunkt darstellten. Hinter dem Tresen klingelte eine museumsreife Registrierkasse und die Getränke wurden auf kleinen, silberfarbigen Tabletts serviert. „Wie zu DDR-Zeiten!", platzte es aus Hanni heraus und Heiner nickte nur stumm, zu keiner Äußerung fähig. Schließlich entdeckten beide im hinteren Teil der Gaststube einen freien Tisch. Von hier aus konnten sie in aller Ruhe die Atmosphäre der Wirtschaft auf sich einwirken lassen und mit jedem Blick immer wieder etwas Neues aufspüren. Langsam stellte sich jedoch heraus, dass der Wirt wohl noch nichts von diesem Platz in der letzten Ecke seiner Gaststube ahnte, denn obwohl er ständig in seiner undefinierbaren Kleidung zwischen Koch und Hausmeister durch den Raum wuselte, konnte Heiner nicht den geringsten Blickkontakt zu ihm herstellen. Bei der nächsten Annäherung des Wirtes platzte Heiner schließlich der Kragen und mit deutlich gehobener Stimme sprach er ihn an: „Könnten wir jetzt auch etwas bestellen?“ Die Antwort des Wirtes machte Heiner zu zweiten Mal an diesem Tag sprachlos. „Nein, jetzt nicht!“, giftete der Angesprochene nur gereizt zurück und verschwand hinter der Küchentür, von Heiners fassungslosem Blick verfolgt. Hanni konnte nicht mehr an sich halten und prustete los. Von diesem Moment an nahmen sie die weiteren Ereignisse humorvoll auf. Nachdem weitere 10 Minuten verstrichen waren, stand schließlich der Wirt doch noch mit Zettel und Stift aufnahmebereit an ihrem Tisch. Sein Blickkontakt entsprach der Länge eines Wimpernschlages und in seiner Mimik lag unübersehbar eine gründliche Portion an Verdrießlichkeit. Hanni bestellte als erste: „Ich hätte gern einen Cappuccino und einen von ihren berühmten Windbeuteln!“ Riesenwindbeutel für 8,00 € hatte sie am Eingang gelesen. Nun sah der Wirt doch noch auf. Die Verdrießlichkeit in seinem Gesicht war einer deutlichen Empörung gewichen. „Cappuccino, so was Neumodisches gibt es bei uns nicht. Sie können einen Mocca trinken.“ Um die Entrüstung des Kellners nicht weiter zu steigern, ging Hanni schnell auf seinen Vorschlag ein. Nun warf er auch einen kurzen, fragenden Blick in Heiners Richtung. Der machte es zu allem Überfluss noch komplizierter, indem er einen Latte Macchiato bestellte. Darauf zuckten in den Augen des Wirtes kurz wilde Blitze, erstarrte seine Mimik zur Fratze und seine Körpersprache drückte pure Ablehnung aus. „Eine Latte hatte ich heute Morgen! Was denn nun, Kaffee oder Mocca?“ Nun verschlug es Heiner an diesem Morgen zum dritten Mal die Sprache, so dass Hanni für ihn die Bestellung übernehmen musste. Letztendlich saßen beide vor ihren Riesenwindbeuteln, deren Größe im Verhältnis zum Preis doch nicht ganz den Erwartungen entsprach und einen Tässchen Mocca. Beide versuchten der Situation zumindest etwas Angenehmes abzuringen, bis Hanni durch Zufall unter den Tisch sah. „Jetzt ist mir aber endgültig der Spaß vergangen! Die haben hier anscheinend seit der Wende keine Putze mehr. Sieh mal unter den Tisch!“ Dort tummelten sich zwischen beachtlichen Wollmäusen, Papierschnipseln und Kassenbons auch undefinierbare Speisereste.

Heiner sah sich den Schlamassel an, um nun seinerseits auch einen flotten Reim auf diese Gaststube zu kreieren: „Im Harz da ist es wunderschön, das wird ein jeder sagen. Doch diese Kneipe hier im Wald, die zählt zu ihren Plagen!" „Ich habe auch einen Spruch!" erklärte Hanni darauf. Mit strahlenden Augen trug sie vor: „Willst du sehen, wo die Zeit blieb stehen, dann musst du mal zum Kaiserkrug gehen!" Mit einem feisten Grienen im Gesicht bezahlten sie ihre Rechnung, sparten sich das Trinkgeld, um darauf schleunigst das Weite zu suchen. Kopfschüttelnd sah der Wirt vom „Kaiserkrug" hinterher.

8.

Hubert als Weihnachtsmann

Schon immer schlüpfte Hubert gern in andere Rollen, mal als Ritter oder Römer oder in eine von den zahlreichen Märchenfiguren. Doch zu seiner Lieblingsrolle gehörte die des Weihnachtsmanns. Allein Huberts Äußeres bot sich für diese Rolle mit dem angegrauten Bart, den dichten buschigen Augenbrauen sowie der Neigung zu einem kleinen Bauch einfach an. Mit etwas weißer Aquarellfarbe für Bart und Augenbraunen und dem üblichen Weihnachtsmannkostüm wurde die Verwandlung immer schnell und überzeugend vollzogen. Doch eines Tages waren Huberts Kinder zu alt geworden, um nicht doch hinter die noch so vollkommene Maskerade zu schauen. So entstand die Idee mit dem Weihnachtsmanntausch. Hannes sollte für Hubert einspringen und dafür wollte er für diesen den Weihnachtsmann spielen. Heiligabend, pünktlich um 16 Uhr, machte sich also Hubert in voller Kostümierung auf den Weg zu Hannes und seiner Familie. Eine geschlossene Schneedecke von wenigen Zentimetern verlieh dabei auch der Landschaft den erwarteten feierlichen

Ausdruck. Trotzdem schwang sich Hubert auf sein Fahrrad, um die abgesprochenen Ziele auch pünktlich zu erreichen. Wie zu erwarten, spielte er auch an diesem Abend seine Rolle als Weihnachtsmann in höchster Vollendung. Deshalb hingen auch Hannes Kinder mit Ehrfurcht und Ergriffenheit an seinen Lippen, sagten die üblichen Sprüche auf, sangen etwas über die Heilige Nacht, um dann letztendlich ihre Geschenke in Empfang nehmen zu können. Alles klappte, da schon vielfach erprobt, wie am Schnürchen. Selten hatte Hannes seine Frau so strahlen gesehen, obwohl sie selber bei der Bescherung übersehen wurde. Dieser gelungene Auftritt musste erst einmal in der Küche mit zwei guten Weinbränden begossen werden. Danach schnappte sich auch Hannes sein Fahrrad und die beiden Männer fuhren gemeinsam das nächste Ziel an, eine bekannte Familie in der Nachbarschaft. Wieder spielte Hubert seine Rolle, wieder waren alle mehr als zufrieden und wieder gab es zu Belohnung in der Küche einige gute Weinbrände. In der damit verbundenen Gelöstheit wechselte nun das Kostüm von Hubert zu Hannes. Dass Hannes dabei eine gute Figur machte, konnte man, sehr zu Huberts Bedauern, auf keinen Fall behaupten. Von kleiner, schmächtiger Statur, mit Wattebart und um den Bauch schlabbernden Mantel sah Hannes eher wie der Lehrling des großen Experten aus. Es half nun aber alles nichts mehr, zu Hause warteten Huberts Kinder auf den Weihnachtsmann und Hannes hatte seine Rolle zu spielen. Als die zwei wieder auf ihre Fahrräder stiegen, empfing sie eine klare Winternacht mit einer Temperatur, die schon recht kräftig in Nasen und Finger zwickte. Jetzt hatten sie nur noch einen Kilometer zurückzulegen und sie wollten diesen Weg möglichst schnell bewältigen. Entschlossen traten sie in die Pedalen, der Frost biss immer heftiger zu, der Weihnachtsmannmantel flatterte wild im Fahrtwind und plötzlich lag Hannes neben seinem Fahrrad auf der Straße. Nach einer Schrecksekunde war Hannes bemüht wieder aufzustehen, doch er konnte sich, wie er sich auch anstrengte, nicht aufrichten. Das Fahrrad klebte regelrecht an ihm fest. Nun musste Hubert ran! Schnell stellte der fest, dass sich der gute Mantel in der Kette verfangen hatte. Hubert begann eine der Pedale langsam zu drehen, wobei sein Aktionsradius durch den am Boden liegenden Hannes sehr eingeschränkt war. Immer wieder hieß es Kette drehen, Mantel ziehen und Hannes Lage an die Situation neu anzupassen. Nach quälend langen 10 Minuten konnte der sich endlich wieder aufrichten und seine Aufmachung einigermaßen in Ordnung bringen. Doch im Mantel blieb zur Erinnerung an dieses Fest eine Reihe von schwarzumrandeten Löchern zurück. Den restlichen Weg legten die beiden Weihnachtsmänner jetzt lieber zu Fuß zurück, um nach ihrer Ankunft auf den überstandenen Schreck ein, zwei gute Weinbrände zu trinken. „Was soll ich eigentlich als Weihnachtsmann sagen?“, wollte Hannes plötzlich von Hubert wissen und sah ihn dabei aus glasigen Augen an. Hubert schwante in diesem Moment nichts Gutes: „Na was schon, was man immer so sagt. Wenn du nicht weiter weißt, helfe ich dir!“, erhielt Hannes zur Antwort. Nachdem beide ihr Glas geleert hatten, machten sie sich mit einer feierlichen Miene auf den Weg zum Wohnzimmer. Mit einem kräftigen Schlag klopften sie an die Tür zur guten Stube. Dann öffnete sie Hannes mit einem entschlossenen Griff und stolperte mehr oder weniger unkontrolliert in das Zimmer hinein, um kurz darauf sofort wieder abrupt stehen zu bleiben. Wahrscheinlich war es die Angst vor dem Moment, vor der Rolle, die er nun zu spielen hatte, die ihn vollkommen erstarren ließ. Hubert schob ihn daraufhin weiter in den Raum hinein, doch nach einem Meter verharrte Hannes wieder wie ein Fels auf seinem Platz und schwieg eisern. Hubert murmelte in sein Ohr: „Draußen vom Walde, da komm ich her.“ Doch Hannes schwieg. Hubert murmelte wieder: „Liebe Kinder, ich habe euch was Schönes mitgebracht!“ Doch Hannes schwieg weiter. Aber dann, nach einer endlos erscheinenden Zeitspanne, fasste er sich wohl schließlich ein Herz und murmelte mit tiefverstellter Stimme: „Na liebe Kinder, habt ihr mir denn was Schönes mitgebracht?“ Entgeistert und stumm sahen die Kinder zu dem so befremdlichen Weihnachtsmann. Mit Huberts Hilfe wurden schließlich die Geschenke aus dem Sack geholt und an alle Anwesenden schnell verteilt. Hannes verfolgte währenddessen stumm das Geschehen. Erst als Hubert ihn am Mantel schließlich nach draußen ziehen wollte, löste sich seine Betäubung und er verabschiedete sich mit den Worten: „Ich muss jetzt leider gehen, denn noch viele andere Kinder warten heute Abend auf mich!" Bevor Hubert nun Hannes nach Hause begleitete, mussten beide in der Küche auf diese Pleite hin noch ein, zwei gute, alte Weinbrände trinken. Mit Mühe und Not konnte Hubert seinen Freund Hannes nach Hause bringen.

In den nächsten Jahren durfte dieser nie wieder für andere Kinder den Weihnachtsmann spielen! Seine Frau hatte es ihm verboten, nachdem er den restlichen Heiligen Abend nach seiner Heimkehr schnarchend auf dem Sofa im Wohnzimmer verbracht hatte. Eben, Stille Nacht!

9.
Hubert, der Pechvogel

Hubert und Hanna sitzen beim Frühstück und schweigen sich wie immer an. Nach 45 Ehejahren hat man sich nicht mehr allzu viel Neues zu erzählen. Sie kennen sich, kennen ihre Gedanken und Geschichten und wissen bereits immer im Voraus, was der andere gleich tun wird.

An diesem Morgen scheint alles wie immer zu sein. Hilde verfolgt kauend alle Vorgänge auf der Straße, Hubert beobachtet die Spatzen in seinem Vogelhäuschen und überschlägt dabei gedanklich die Fütterungskosten für diesen Winter. Dass sich außer Spatzen kaum andere Vögel für sein Futter interessieren, verdrießt ihn noch immer. Na gut, zwei Maisen, vier Wacholderdrosseln und 6 Amseln fanden ab und zu auch auf seinem Futterplatz ein, doch die sechzig Spatzen waren einfach zu dominant. Um Futterkosten zu sparen, hatte er bereits vor einiger Zeit das Vogelhäuschen näher an die Hecke gestellt, damit der Anflugweg verkürzt und der Energieverbrauch der Vögel gesenkt würde. „Möchtest du noch etwas Kaffee?", fragt Hanna wie jeden Morgen und

Hubert verneint, auch wie jeden Morgen. Schließlich steht er langsam auf und verlässt die Wohnküche, um seinem Hobby, der Weinherstellung, nachzugehen. Währenddessen übernimmt Hanna das Abräumen des Geschirrs. Das restliche Brot packt sie in den Brottopf zurück, dessen Deckel aber zur einen Hälfte aus einem Mosaik von circa fünfzig Scherbensplittern besteht. Mit viel Geduld und noch viel mehr Kleber hatte Hubert vor Jahren seine Ungeschicklichkeit so zu überspielen versucht. Trotzdem ärgert sich Hanna immer noch, wenn sie den zusammengeklebten Deckel in den Händen hält. Doch es blieb nicht beim Brottopfdeckel! Auch der vom Kartoffeltopf, Zwiebel- und Knoblauchtopf bestehen aus zusammengeflickten Fragmenten. Hanna versucht nun die Deckel immer so zu positionieren, dass man die beschädigten Stellen nicht gleich bemerkt, doch beim Zwiebeltopf ist das so gut wie unmöglich. Eigentlich wäre eine Neuanschaffung notwendig, doch Hubert sieht nach so viel Mühe beim Kleben dafür keinen Handlungsbedarf. So versucht Hanna bei EBay immer wieder zu einem guten Preis einen Zwiebeltopf zu ersteigern. Doch bisher hatte sie kein Glück dabei, verpasste immer wieder den alles entscheidenden letzten Moment. Auch an diesem Morgen läuft mal wieder eine Aktion aus und Hanna will es endlich schaffen, ein erschwingliches Modell im Zwiebelmusterdessing zu erwerben.

Kurze Zeit später sitzt sie deshalb vor dem Computer, hat sich bei EBay eingeloggt und verfolgt dort geduldig die Vorgänge. Währenddessen rennt Hubert immer wieder an ihrer Zimmertür vorbei, hin und her, eilig und wortlos. Doch wortlos ist für Hanna nicht ungewöhnliches, weshalb sie sich weiter und ahnungslos bei EBay auf die Ersteigerung des Zwiebeltopfes konzentriert.

Hubert ist währenddessen der Verzweiflung nahe. Beinahe hätte er nach Hanna gerufen und ihre Hilfe angefordert. Doch er verzichtet lieber darauf, denn bereits vor drei Tagen hatte er ihre Hilfe beim Auftischen von fünf Liter Apfelsaft benötigt. Fünfmal wischte Hanna den Fußboden, doch auch danach blieb noch immer ein leicht klebriges Gefühl beim Gehen zurück. Heute aber war der Schaden bedeutend größer!

Hubert wollte nach vielen Jahren mal wieder guten Obstwein selber herstellen, einen Obstwein nach den alten Rezepten. Alles was man dafür benötigt, hatte er über all die Jahre aufbewahrt und brauchte die Gerätschaften nur aus den vergessenen Ecken und Verstecken heraus zu holen. An diesem Morgen sollte der Weinansatz vom Obstschlamm getrennt werden. Dazu führt Hubert einen Schlauch in den Weinballon ein, saugt die Luft an und es klappt, der Wein läuft durch den Schlauch in den neuen Ballon, langsam, stetig und Hubert beobachtet den Vorgang wohlwollend. Als nur noch die Obstpampe zurückbleibt, beendet er zufrieden das Geschehen. Die Obstpampe will er nun schnell in der Toilette entsorgen. Praktisch gibt es ja kaum einen Unterschied zu den Dingen, die man dort sonst entsorgt. Hubert nimmt also den Ballon, schleppt ihn zur Toilette und senkt ihn langsam ab. Doch der Behälter besteht aus Glas, ist kugelrund und Hubert unterschätzt seine Ausmaße. Dadurch fällt das Aufsetzen auf den Beckenrand unbeabsichtigt unsanft aus und der Weinballon zerbricht mit einem beängstigt lauten Krachen. Scherben und Schlamm breiten sich unkontrolliert auf den Kacheln des Raumes, über Huberts Hose und seine Hausschuhe aus. Für einen Moment wird es in Hubert ganz still. Ratlos sieht er sich um, ob sich überhaupt noch etwas retten lässt. Doch der Schaden ist zu groß, das Malheur ist riesig. Hubert beschließt in diesem Moment lieber nicht nach Hanna zu rufen, sondern versucht allein gegen das Chaos anzukämpfen. So tritt er zunächst mit zwei großen Schritten aus dem Breiberg heraus, spült die Hausschuhe ab und reinigt notdürftig die Hose. Doch die Filzlatschen sind vollkommen durchgeweicht, so dass er sich zunächst neue besorgen muss. Dabei beschließt er auch gleich Wischeimer, Scheuerlappen sowie das Kehrblech mitzubringen. Mit strategischer Klarheit beginnt Hubert nun mit der Schadensbeseitigung.

Zunächst überlegt er, ob der Ballon durch Zusammenkleben vielleicht doch noch zu retten wäre.

Doch diese Absicht verwirft er gleich wieder, denn die Bruchstücke sind zum Teil so winzig, dass sich auch mit größter Mühe kein geschlossenes Ganzes mehr ergeben würde. Außerdem verstecken sich ja alle Scherben im Obstbrei. Mit dem Kehrblech schaufelt er zunächst und, wie gewohnt, recht zügig alle größeren Ballonteile in den Eimer. Mehr Schwierigkeiten bereitet Hubert der mit feinen Glassplittern versetzte Obstbrei. Immer wieder heißt es schaufeln, schieben und wischen und alles unter fortwährendem Fluchen und Schimpfen. Natürlich flucht Hubert nur leise vor sich hin, denn er will ja nicht Hannas Aufmerksamkeit erregen! Letztendlich bringt er mit viel Einsatz den Raum wieder auf Vordermann. Dabei schwört er sich, Hanna kein Wort von dem Unglück zu erzählen, denn einen Weinballon wird sie wohl kaum vermissen.

Gerade als er seine Arbeit beendet hat, steht Hanna strahlend vor ihm. Sie hat es diesmal geschafft, der Zwiebeltopf gehört ihr! Noch während sie von ihrem Erfolg berichtet, fällt ihr Blick auf Huberts rotgefleckten Hosenbeine, auf die rosagefärbten Fugen zwischen den Fließen und auf die verfärbten und aufgeweichten Hausschuhe in der Zimmerecke. „Na, kleines Malheur gehabt?", fragt sie mit weiblicher Diplomatie fast nebenbei. „Ja, aber nicht weiter schlimm!", gibt Hubert wortkarg zur Antwort. Zwei Tage später wird er auf sein Kon-

to auch noch einen zerbrochenen Römertopf setzen
können. Ja, Hubert ist wirklich ein Pechvogel.

10.
Schreck in der Morgenstunde

Bevor Herbert Kraftfahrer wurde, hatte er einen richtigen, einen anstrengenden Beruf, in einer PGH, einer Produktionsgenossenschaft des Handwerks. Dort stellten sie im Akkordtempo Betonteile für die Baustellen des Lands her. Im Laufe der Jahre waren sie ein eingeschworenes Team geworden, da sich einer auf den anderen verlassen musste. Gab es dessen ungeachtet Probleme, wurden diese durch recht klare Ansagen geklärt. Doch für manche Probleme schien es keine einfachen Lösungen zu geben. Somit sorgten sie immer wieder für allerhand Unmut in der Belegschaft. Da war zum Beispiel die Sache mit Holger! Er war ein prima Kumpel, immer freundlich, hilfsbereit und in fast allen Belangen stets einsichtig. Er erschien auch jeden Morgen pünktlich im Betrieb, um aber darauf sofort in diesem gewissen Örtchen für geraume Zeit zu einer ausführlichen „Sitzung" zu verschwinden. Sprachen ihn seine Kollegen daraufhin an, ließ er stets ihre Kritik mit einem entwaffnenden Lacher ins Leere laufen. Doch eines Tages sahen sie endlich die Möglichkeit, ihm eine Lektion zu erteilen, denn es war der Bau eines neuen Toilettenhäuschens notwendig geworden. Also wurde eine frische Grube ausgehoben und darauf ein funkelnagelneues Holzhölzchen gesetzt. Kurz nach dem offiziellen Feierabend konnte schließlich der letzte Nagel eingeschlagen werden. Als Holger am nächsten Morgen wie immer auf den letzten Drücker auf Arbeit erschien, stürmte er, wie von allen erwartet, sofort zu dem nagelneuen Häuschen mit dem Herzensloch in der Tür. Dabei dachte er sich nichts dabei, dass er auf dem Weg dorthin kaum einem Kollegen begegnet war. Holger fühlte sich unentdeckt. Das Toilettenhäuschen duftete nach frischgehobelten Span, die Tür war gut geölt und die Bretter zeigten noch keinen einzigen Fleck. Zufrieden trat Holger ein, knöpfte sich die Hose auf und nahm in aller Seelenruhe auf der Brille Platz. Doch im selben Moment sprang er auch schon wieder entsetzt auf und stürmte mit heruntergelassener Hose aus dem kleinen Haus heraus. „Ratten, Ratten!", rief er panisch, den irgendetwas hatte ihn beim Hinsetzten plötzlich heftig berührt. Draußen wurde er bereits von seinen Kollegen erwartet, die nun endlich mal die Lacher auf ihrer Seite hatten. Und hinter Holger erschien nun auch noch Herbert in der Tür des Plumpsklos. Er hielt eine Bürste in der Hand, die er dabei triumphierend hin und her schwenkte. Herbert hatte nämlich in der Grube auf sein „Opfer" gewartet und war dann schließlich mit der feuchten

Bürste über Holgers besten Teil gefahren, so dass der daraufhin wie von einer Tarantel gestochen aufsprang und aus dem Häuschen stürmte. Von diesem Tag an guckte Holger lieber zuerst in die Grube, bevor er sein Geschäft verrichtete, doch von seinen täglichen, ausdauernden Morgensitzungen ließ er trotzdem nicht ab.

11.

Die Sache mit dem Marmortisch

Herbert steckte seinen Kopf zur Wohnzimmertür hinein und erklärte Hilde hastig: „Ich muss noch mal schnell zu Hubert rüber! Bin gleich wieder zurück!" Hilde hatte daraufhin nur kurz genickt. Sie sah gerade ihre allabendliche Fernsehserie „Die Liebenden vom Kalten Tal" und konnte Störungen dabei überhaupt nicht leiden. Als die Sendung vorbei war, wurde ihr bewusst, dass ihr Göttergatte immer noch nicht zurück war. Mit einem wütenden Blick auf die Uhr stand sie schließlich auf, holte sich aus der Küche einen Teller mit Käseschnittchen, ein Glas Wein sowie etwas Naschwerk. Sie musste sich beeilen, denn die nächste Lieblingssendung wollte noch gesehen werden. Herbert hatte indessen bei Hubert gleich noch Hannes und Heiner angetroffen, die ihn alle mit großem Hallo begrüßten und zu einem zünftigen Skat einluden. Das ließ sich Herbert natürlich nicht zweimal sagen und so spielten die vier Männer bald darauf in Huberts Wintergarten Skat. Das Bier schmeckte an diesem Abend außerordentlich gut und auch so manches „Körnchen" ran durch die

Kehlen der 4 Männer. Nach einiger Zeit begannen sie deshalb in ihren jeweiligen Spielpausen, diesen Flüssigkeits-Überschuss wieder abzubauen. Dabei fiel Herberts Blick beim Händewaschen auf die zwei schlichten, kreisrunden Bahnhofsuhren über dem Spiegel im Bad, die auf den ersten Blick völlig identisch zu sein schienen. Doch bei genauer Beobachtung fiel auf, dass die Zeiger der rechten Uhr in entgegengesetzter Richtung liefen und deshalb die Zahlen auch spiegelsymmetrisch zur ersten Uhr angeordnet waren. Wieder einmal war Herbert voller Bewunderung für den Einfallsreichtum seines Nachbarn Hubert, bis ihm schlagartig bewusst wurde, dass beide Uhren exakt, nur spiegelbildlich die erste Nachtstunde anzeigten. „Ich muss jetzt gehen, werde nämlich schon seit einiger Zeit zurückerwartet!", erklärte er daraufhin seinen Freunden in Huberts Wintergarten und beeilte sich trotz der einsetzenden Häme, von wegen Pantoffelheld und Weichei, schnell nach Haus zu kommen. „Hilde wird bestimmt sauer sein.", mutmaßte Herbert im Stillen und im gleichen Moment fiel ihm die völlige Dunkelheit in seinem Haus auf. „Hilde wird doch wohl nicht die Haustür abgeschlossen haben?", dachte er noch, während seine Hand bereits vorsichtig die Türklinke nach unten drückte. „Abgeschlossen, so ein verfluchter Mist!", murmelte er in die Dunkelheit hinein. „Da ist Hilde bestimmt stinksauer." Trotzdem drückte er auf den Klingelknopf und zuckte dabei im selben Moment verschreckt zusammen. Die Klingel war so katastrophal laut, das musste Hilde doch gehört haben! Herbert horchte in die Stille und wartete. Nichts. Keine Spur von Hilde. „Hilde ist mehr als stinksauer.", folgerte er und schlich nun suchend um sein Haus. Unter dem Schlafzimmerfenster blieb er schließlich stehen und brüllte in die Nacht hinein: „Hilde, mach doch mal die Haustür auf! Hildeeeeee!" Nichts, nur tiefe Stille. Herbert warf nun kleine Steine an die Fensterscheibe, abermals ohne Erfolg. Er musste bald eine andere Lösung finden oder war gezwungen bei Hubert zu übernachten. Da fiel ihm das Badfenster ein, dass zum Lüften immer ein Stückchen offen blieb. Doch das Fenster lag viel zu hoch, um einfach einsteigen zu können und eine Leiter besaß er nicht! Also ein neues Problem! Ratlos suchend sah sich Herbert im Garten um, bis sein Blick auf den Gartentisch fiel, ein gutes altes Stück mit einer weißen Marmorplatte. Erleichterung legte sich auf Herberts Seele und ein breites Grinsen auf sein Gesicht. Hilde war überlistet, er würde endlich ins Haus kommen. Es kostete ihn schon einige Kraft, den Tisch quer durch den Garten zu schleppen, aber die Vorfreude versetzte ihn in einen so euphorischen Zustand, dass er die Belastung kam spürte. Herbert wuchtete also das schwere Ding bis unters Badfenster und setzte es dort ab. Das heißt, er wollte es absetzen, doch ehe er begriff, was geschah, sauste die Marmorplatte ungebremst nach unten und landete krachend auf seinen Füßen. Für einen winzigen Moment wurde es völlig still in Herbert, bis er den Schmerz realisierte und brüllend aufschrie. Kurz darauf steckte Hilde ihren Kopf durch das Badfenster, betrachtete das Häufchen Elend zu ihren Füßen sowie auch die zerbrochene Tischplatte und stellte entrüstet fest: „Kannst du mir mal erklären, was du hier treibst? Kannst du nicht wie jeder vernünftige Mensch an der Haustür klingeln? Schleppst die Platte durch den Garten und lässt das Gestell stehen. Nun ist das gute Stück dahin!" Daraufhin schlich Herbert still und schmerzgeplagt ins Haus und kühlte ausgiebig seine geschwollenen Zehen.

In dieser Nacht schwor er sich, dass er sich unbedingt eine Leiter anschaffen musste.

12.
Wasser marsch!

Jeder Betrieb ist so gut, wie sein Betriebsleiter und jeder Betriebsleiter ist so gut, wie seine Sekretärin. Das war zumindest die Philosophie der Chefsekretärin Frau Brenntop, die schon seit vielen Jahren in der PGH als rechte Hand des Chefs fungierte. Die Arbeit als Sekretärin, das war ihr Leben. Etwas anderes hatte nie darin einen Platz gefunden. Alle Aufgaben wurden pünktlich, exakt, ja mit großer Akribie erledigt. Sie hatte ihre Augen überall und berichtete dem Chef pflichtbeflissen über alle vorgefallenen Beobachtungen, natürlich sehr zum Verdruss der Mitarbeiter. Als Herbert einmal mit seiner „Schwalbe" 15 Minuten zu früh aus dem Betrieb „flog", wurde der Betriebsleiter am nächsten Morgen sofort darüber in Kenntnis gesetzt. Der nahm die Sache mit Humor und erkundigte sich eher beiläufig bei Herbert, wie schnell eigentlich seine „Schwalbe" wäre. „Na, so um die 70 schafft die schon", antwortete Herbert. „Warum interessieren Sie sich denn für mein Moped?" „Na, weil du um 16.00 Uhr Feierabend hast und schon 15 Minuten vorher in der

Stadt gesehen wurdest.", erhielt er zur Antwort. Herbert reagierte darauf mit einem zarten Wangenrot und nahm sich vor, bei der nächsten Kassenrevision der PGH es Frau Brenntop heimzuzahlen. Als der Tag gekommen war, legte er in einem unbeobachteten Moment blitzschnell ein Pfennigstück in die Geldkassette. Von nun an verfolgte er mit einem an Gleichgültigkeit kaum zu überbietenden Gesichtsausdruck als neutraler Beobachter das Zählen des Geldes. Natürlich war sich die Sekretärin sicher, dass ihre Kasse stimmen würde und begann die Nachprüfung in der für sie so typischen selbstsicheren Art. Sie stapelte also das Geld zu kleinen Zehner-Häufchen auf den Tisch und kam schließlich auch zu den letzten Pfennigen. „...Vier, fünf, sechs! Sechs? Ein Pfennig zu viel!" In ihren Blick trat Ungläubigkeit. Herbert bewahrte sich seine ausdruckslose Mine und erwiderte gelassen: „Sie werden sich verzählt haben. Nehmen Sie den Pfennig doch einfach heraus." Nun prägte Empörung ihre Gesichtsmimik, ihre Stimme war schierer Vorwurf: „Natürlich würden Sie das so lösen! Aber nicht mit mir! Es muss neu gezählt werden." Noch zweimal machten sie den Kassensturz, bis Frau Brenntop resigniert feststellte: „Ich rechne das Kassenbuch noch mal in Ruhe nach. Wir machen morgen weiter." Herbert war mit sich zufrieden, er hatte sein Ziel erreicht und am Selbstbewusstsein der Sekretärin tüchtig gerüttelt. Doch nach einigen Wochen hatte Frau Brenntop wieder zu ihrer alten Form gefunden und schwang sich zu neuer Höchstform im Denunzieren auf. Herbert fühlte sich erneut herausgefordert. Um seinen neuen Plan umzusetzen, wartete er, bis der Betriebsleiter zu einer wichtigen Besprechung nach Halle gerufen wurde. So konnte er sich der vollen Aufmerksamkeit der Sekretärin sicher sein.

Holger wurde in den Entschluss eingeweiht und beide begannen ihr Vorhaben in die Tat umzusetzen. Zunächst führte sich Herbert von unten einen Wasserschlauch durchs Hosenbein bis an die Öffnung, die man auch unter Männern auch Hosenschlitz nennt. So präpariert stellte er sich an die Ecke der Werkhalle mit bester Sicht auf das gegenüberliegende Bürogebäude, knöpfte sich seelenruhig den Hosenstall auf und zog ein Stück des Wasserschlauches heraus. Im Fenster des Hauses tat sich etwas. Schadenfreude stieg in ihm auf, als er Holger zurief: „Wasser marsch!" Holger öffnete den Hahn und verfolgte aufmerksam das Geschehen. Das Wasser lief und lief und wie gebannt stand im Fenster des Büros eine Gestalt, die unverblümt Herberts Wässerung des Hofes verfolgte. Nachdem sich in der Mitte des Platzes ein kleiner See gesammelt hatte, blies Herbert schließlich zum Rückzug. Der Wasserstrahl erstarb und das Schlauchende verschwand wieder in der Hose. Noch eine ganze Weile danach verharrte die Sekretärin tief beeindruckt hinter ihrer Fensterscheibe.

Natürlich wurde der Chef am nächsten Morgen sofort über diese ungeheuerliche Geschichte informiert. Der hörte sich wie immer aufmerksam Marion Brenntops Bericht an und ließ sich danach noch einmal genau die Größe der entstandenen Pfütze beschreiben. „Selbst ein Pferd könnte keine so große Lache hinterlassen! Frau Brenntop, der Herbert hat sie reingelegt! Das können sie mir ruhig glauben!“, gab er darauf mit einem breiten Schmunzeln im Gesicht zu bedenken. Im Gesicht der Sekretärin blieben jedoch die Zweifel fest einzementiert stehen und sie wagte einen letzten Einspruch: „Aber ich habe es doch selber gesehen! Das war doch alles so echt! Diese riesige Pfütze!“ Nachdenklich verließ Marion Brenntop das Zimmer ihres Chefs. Ihr Glaube an das Gute im Menschen war für eine lange Zeit mal wieder restlos zerstört. Als Herbert dann eines Tages seine Kündigung einreichte, empfand sie deshalb eine gewisse Befriedigung über die ihr so angenehme Botschaft.

13.

Herberts Mallorca - Reise

Die Wende im Jahr 1989 hielt auch für Herbert einige Überraschungen bereit! Nachdem am 9. November des gleichen Jahres Günther Schabowski eher zufällig die Reisefreiheit den Bürgern der DDR zugesagt hatte, brachen noch in der gleichen Nacht alle Dämme und die Wiedervereinigung Deutschlands wurde auf Straßen und Autobahnen des Landes durch die Menschen vorweggenommen. Auch Herbert saß bald darauf in seinem himmelblauen Trabant und erkundete zusammen mit Hilde den ihm unbekannten Teil Deutschlands. Dabei bevorzugte er vor allem die grenznahen Gebiete, denn seinem altersschwachen Trabi wollte er nicht allzu große Strapazen zumuten. Als ein halbes Jahr später die DM eingeführt wurde, kutschierte Herbert bereits in einem hellgelben Wartburg, dem Prestige-Auto der DDR, durch die Landschaft. Jedoch an einem schönen Sommertag des Jahres 1990 hielt vor seinem Haus das Prestige-Auto des anderen Teils Deutschlands, ein schneeweißer Mercedes mit einem funkelnden Stern auf der Motorhaube. „Na, der wird sich wohl verfahren haben.", argwöhnte Herbert, der in diesem Moment mit Hubert am Zaun über die große Weltpolitik philosophiert hatte. Dann öffneten sich die Autotüren und vor den beiden verblüfften Männern stand ein langer Kerl in einem schneeweißen Jogginganzug aus Ballonseide mit einer äußert attraktiven Begleiterin an seiner Seite. Mit einem „Hallo Nachbaren!" wurden kurz darauf die beiden von dem Fremden begrüßt und nun erkannten sie ihn endlich, an der Stimme, ihren ehemaligen Nachbarn, der Mitte der siebziger Jahre über die „grüne Grenze" abgehauen war. Die Überraschung war dem Ehemaligen gelungen und die Wiedersehensfreude immens. „Ich wollte doch mal wissen, was aus euch und aus meinem Haus geworden ist", begann er das Gespräch. Nun hatten sie sich viel zu erzählen, über die langen fünfundzwanzig Jahre, die seit der Flucht hinter ihnen lagen und über ihr Leben in den so anders beschaffenen Welten. Vor allem erzählte der Ehemalige von seiner Flucht, seinen Anfängen in der BRD und dem zweiten Neubeginn in Mallorca. Er schien ein wahres Stehaufmännchen zu sein, einer, der aus jeder Lebenssituation immer wieder das Beste für sich herauszuholen verstand. Wie, um auch noch den letzten Beweis dafür anzutreten, holte er während des Gesprächs mit einer feierlichen Geste seine Videokamera aus der Tasche und schloss sie an Herberts Fernseher an. Nein, so etwas hatte Herbert noch nicht zu sehen bekommen, diese Überraschung war geglückt. Nun zeigte er dem erstaunten Ehepaar seine letzten Aufzeichnungen, frisch aus dem Recorder heraus, ungeschnitten und unbearbeitet. Diese erwarteten natürlich Bilder von seiner Familie, seinem Heim, von Mallorca, derweil wurden sie diesbezüglich enttäuscht. „Unsere Fahrt durch Frankreich!“, lautete seine schon eher dürftige Erklärung zu den auf dem Bildschirm eintönig dahin rieselnden Bildern von Autobahnen, Schildern, Seitenbegrenzungen und Brückenteilen. An einigen Stellen öffnete sich der Blick auf die Landschaft, um sofort wieder von Autobahnbildern abgelöst zu werden. Herbert und Hilde sahen sich den Film artig an, immer hoffend, dass es gleich etwas Dramatischeres zu sehen gäbe. Währenddessen fielen ihnen fast gleichzeitig die Augen zu. Für den einstigen Nachbarn endlich das Zeichen, seine Vorstellung zu beenden. Zeit für ein paar Bierchen, für ein Glas Wein. Sie setzten ihr Gespräch noch eine Weile fort und langsam schlich sich schließlich die alte Vertrautheit wieder ein, die in der Feststellung gipfelte: „Ja, wir hatten doch damals zusammen eine tolle Zeit gehabt!“ Beim Aufbruch des Weltenbummlers musste Herbert schließlich das Versprechen abgeben, ihn und seine Familie so bald wie möglich auf Mallorca zu besuchen. Als Herbert und Hilde dem Paar letzten Endes in ihrem schneeweißen Mercedes nachwinkten, hielt Herbert eine Visitenkarte mit Anschrift und Telefonnummer des ehemaligen Nachbarn in der Hand. In den folgenden Wochen und Monaten versuchten sie nun immer wieder eine Telefonverbindung nach Mallorca herzustellen. Doch das Telefonnetz in der Nach-DDR brach bei diesen Versuchen immer wieder zusammen. Solchen Ansprüchen war es einfach nicht gewachsen. Zwei Jahre vergingen, in denen es Herbert genau einmal gelang, eine Verbindung herzustellen, doch die Qualität der Verbindung war schlecht und so konnten nicht alle Sätze des Ehemaligen entschlüsselt werden. „Es wird Zeit, dass wir mal selbst nach Mallorca fliegen und unseren alten Nachbarn mit unserem Besuch überraschen!", erklärte Herbert eines Tages. Hilde war einverstanden, denn Reisen gehört zu ihren heimlichen Leidenschaften. Sie kaufte sich vorkehrend einen neuen schicken Badeanzug, einige luftige Sommerblusen und machte sich, leider ergebnislos, auf die Suche nach einem schneeweißen Jogginganzug aus Ballonseide für Herbert. Mit Eifer, doch im Rahmen ihrer begrenzten Möglichkeiten begann sie schließlich auch noch Wissenswertes über diese, ihr so fremde Insel, ausfindig zu machen. Auch Herbert fing an, Vorkehrungen für die Reise zu treffen. Er zauberte in seiner Hobbyküche aus Fleisch und Gewürzen Brat-, Blut- und Leberwurst, die zum Schluss noch etliche Tage in der selbstgebauten Räucherkammer ihrer Vollendung entgegensahen. Dann kam der Tag der Abreise! Mit vollen Taschen und Koffern, aus denen es verdächtig nach Räucherwaren duftete, landeten sie in Palma de Mallorca. Die Größe des Flughafens mit seinen endlosen Korridoren und rastlosen Förderbändern für die geplagten Reisenden überwältigte beide. Natürlich stellte sich auch Herbert unversehens auf eine dieser dahindümpelnden Fahrwege, denn das gab ihm die Gewissheit, dass er den Ausgang auf diese Weise problemlos erreichen würde und es war auch weniger anstrengend. Es gelang und mit Hilfe eines kleinen Omnibusses des Reiseveranstalters kamen sie schließlich auch wohlbehalten im Hotel an. Doch die außergewöhnliche Hitze, die auf der ausgedörrten Landschaft lag, dämpfte jäh ihre Vorfreude auf diesen so heißersehnten Sommerurlaub. Sie konnten in diesem Moment nicht die Euphorie nachvollziehen, mit der alle Bekannten und Freude von dieser Balearen-Insel geschwärmt hatten. Deshalb schwiegen beide auf der Fahrt zum Hotel und nahmen die ersten Eindrücke still in sich auf. Es konnte ja noch besser werden! Und es wurde besser! Das kleine Mittelklassehotel lag in einem blühenden Garten, das Meer dahinter in einer kleinen Bucht und ein schattiger Weg führte in das Städtchen.

Gleich am nächsten Morgen, nach einem guten Frühstück, ging es mit einem Mietauto los, quer über die Insel, mit dem Wurstpaket im heißen Kofferraum. Hilde hatte dabei das Gefühl, dass sich die Zeit dehnen, dass der Weg immer länger und anstrengender wurde. Als die Sonne ihren höchsten

Punkt am Sommerhimmel erreicht hatte, kamen sie schließlich an ihrem Ziel, in einem beschaulichen Städtchen an der Nordküste an. Erleichtert atmeten beide auf und machten sich sogleich mit dem Adressenzettel in der Hand auf die Suche nach dem Ehemaligen, quer durch die Straßen und Gassen des Ortes. Doch unter der angegeben Anschrift war niemanden zu erreichen, das Haus war unbewohnt. Enttäuschung machte sich breit! „Mensch, wir müssen zum Strand runter!", erinnerte sich Herbert, „dort hat der Ehemalige doch eine Gaststätte!" Also runter zum Strand, von Gaststätte zu Gaststätte, aber mit der gleichen Erfolglosigkeit, wie zuvor im Ort. Inzwischen verspürten beide einen empfindlichen Hunger und verschoben deshalb die Nachforschungen auf einen späteren Zeitpunkt. Also wurde in einer der Strandkneipen getafelt, frische Meeresfrüchte abgerundet durch einen kühlen Weißwein. Fast waren sie beide schon dabei sich zurückzulehnen und die Seele baumeln zu lassen, doch der Gedanke an das gewaltige Wurstpaket im Kofferraum des Autos kehrte unvermittelt mächtig zurück. „Wir müssen handeln!", ermahnte sich Herbert, nahm nochmals den Adressenzettel und verschwand damit in den Innenräumen des Gasthauses. Hilde fand diese Entscheidung sehr weise, lehnte sich nun doch in ihrem Korbsessel zurück und ließ wirklich die Seele für eine geraume Zeit baumeln. Doch nach einer halben Stunde ausführlicher Seelenbaumelei war Herbert immer noch nicht wieder zurück und somit stellten sich bei Hilde erste verdrießliche Hintergedanken ein, wie zum Beispiel: „Wieso lässt der mich hier so lange allein sitzen? Ob er den Ehemaligen nun endlich gefunden hat? Wie lange soll die Suche denn nun noch gehen?" Und dann kam Herbert endlich zurück! „Der wohnt hier schon lange nicht mehr. Ist schon wieder nach Deutschland zurück. Die Kneipe führt jetzt seine Ex!", erklärte er Hilde ohne weitere Umschweife. „Nun haben wir den Salat!", platzte Hilde der Kragen, „da reisen wir mit einem riesen Wurstpaket quer durch Europa und nun ist der gnädige Herr wieder mal verschwunden. Was machen wir nun nur mit den Sachen?" Herbert zuckte darauf lediglich unschlüssig mit den Schultern. Nein, so hatte er sich das nicht vorgestellt. Nein, er hatte mit einem großen Hallo gerechnet, mit glänzenden Augen seines früheren Nachbarn, mit einer gemeinsamen Vesper auf alemannische Art! Es blieb ihnen schließlich nichts weiter übrig, als unverrichteter Dinge zurückzukehren. Im Hotel angekommen verschwand Herbert wortlos mit dem Wurstkoffer in der Hand und steuerte auf dem kürzesten Weg die Küche des Gästehauses an.

Am nächsten Morgen war das Frühstücksbuffet unter den Begriff „Echt deutsche Wurst" um eine Attraktion reicher geworden, was Herbert mit Genugtuung zur Kenntnis nahm, bis er von einem anderen Urlauber daraufhin angesprochen wurde:

„Nun sehen Sie sich das doch mal an! Ich komme mir vor, wie im FDGB-Ferienheim in der DDR. Blutwurst, Bratwurst, Leberwurst zum Frühstück. Was die sich dabei gedacht haben?“ Herbert drehte sich von seinem Gegenüber weg und das Schmunzeln in seinem Gesicht wandelte sich zu einem dicken Kloß in seinem Hals.

Drei Jahre später hielt wieder ein Mercedes vor Herberts und Hildes Haus, diesmal silbergrau, S-Klasse, einfach erhaben. Wieder schwang sich der Ehemalige elegant aus dem Wagen mit einer neuen attraktiven Frau an seiner Seite, seiner neuen Ehefrau. „Wir wohnen jetzt wieder auf Mallorca! Besucht uns doch mal!“, lauteten seine ersten Begrüßungsworte.

14.
Alles war Schweigen

Als Herbert und Hilde, wie jedes Jahr, die Schwiegereltern einen Tag vor Weihnachten vom Bahnhof abholten, wunderte sich Hilde schon bald über die so unübliche Schweigsamkeit ihrer Schwiegermutter. Normalerweise überschüttete sie ihre Lieben sofort nach der Ankunft unentwegt und ungefragt mit allen neuen Familiengeschichten oder auch mit profanen Nebensächlichkeiten. Und ihr Redefluss hielt an, so dass spätestens ab den dritten Besuchstag sich jeder in der Familie vorstellte, wie angenehm still es nach der Abreise der Großeltern wieder sein würde. Dabei war die Schwiegermama ein wirklich liebenswerter Mensch, der leider mit der Schwäche der Schwatzhaftigkeit geschlagen war. Aber an diesem Tag schwieg die Schwiegermutter, eisern, während ihrem Mann das Grinsen nicht aus dem Gesicht gehen wollte. Da die Liebe auch Stunden später weiterhin kaum einen Ton von sich gab, bis auf zustimmendes oder verneinendes Nuscheln, erkundigte sich Hilde endlich nach dem Grund ihrer Schweigsamkeit. Auf diesen Moment hatte der Schwiegerva-

ter gewartet und so platzte die Geschichte regelrecht
aus ihm heraus. Hilde erfuhr, dass er seiner Frau vor
einigen Tagen beim Kochen zur Hand gehen wollte
und deshalb die auf dem Tisch liegenden Zwiebel-
schalen zusammengerafft, in eine Zeitung gewickelt
und anschließend in den Küchenherd gesteckt hatte,
wo alles sofort in Flammen aufging. Dabei war es
ihm nicht im Geringsten aufgefallen, dass unter den
Abfällen der Zahnersatz seiner geliebten Frau lag.
Sie hatte ihn, wie immer beim Arbeiten herausge-
nommen, da das Teil sie ständig zwickte und drückte. Sie hätte sich eigentlich schon vor längerer Zeit
ein neues Gebiss beschaffen sollen, aber die hohen
Kosten dafür standen ihrer Meinung nach in keinem
Verhältnis zu dem lästigen Sitz desselben. So nahm
sie es immer in dem Moment heraus, wenn sie sich
völlig allein wähnte. Nun war ihr Mann dazwischen
gekommen, hatte sich eifrig zu schaffen gemacht
und wurde völlig unvorbereitet von ihrer Frage überrascht: „Wo hast du denn mein Gebiss hingelegt?"
„Dein Gebiss", gab er entrüstet zurück, „habe ich
überhaupt nicht in der Hand gehabt. Wo hast du es
denn abgelegt?" Entrüstet sah sie auf und zeigte auf
den Platz vor ihrer Schüssel: „Hierhin, aber dort liegt
nichts mehr. Hast du es etwa…?" Blässe legte sich
auf ihre Gesichter, sie starrten sich erschrocken an
und im selben Moment sprang der Schwiegervater
auch schon zum Küchenherd. Doch darin flimmer-
ten in einem ruhigen, fast romantischen Leuchten

lediglich die restlichen Kohlenstückchen. „Vielleicht hast du es doch irgendwo anders abgelegt?", mutmaßte er nun, wobei aus seinen Augen ein zarter Hoffnungsschimmer herausleuchtete. Das große Suchen begann, an allen möglichen und unmöglichen Stellen, doch das gute Stück blieb unauffindbar. Der Tag ging hierüber erfolglos zu Ende. Als die Schwiegermutter am nächsten Morgen in der erkalteten Asche des Herdes einen kleinen Goldklumpen fand, war die Sache entschieden – das gute Stück war verloren, im Herdfeuer in Flammen aufgegangen. Wer hatte nun Schuld daran? Nachdem sie darüber einige Zeit entnervt und doch ziemlich erfolglos gestritten hatten, zogen sie sich ihre Mäntel an und machten sich auf den Weg zu ihrem Freund, dem Zahnarzt. Doch der konnte ihnen nur mit großen Bedauern erklären: „Kommt im neuen Jahr wieder! Ohne Zahntechniker kann ich leider nichts für euch tun und der ist heute in den Urlaub gefahren." Der Schwiegermutter traten bei diesen Worten die Tränen in die Augen und sie schwor sich, erst dann wieder zu sprechen, wenn mit ihren Zähnen wieder alles in Ordnung sein würde. Ihrem Mann war es Recht, hatte er doch deswegen mal himmlisch stille Feiertage.

Regina
Oversberg

wurde 1948 in Hüttenrode im Harz geboren. Nach ihrem Studium am Pädagogischen Institut in Halle kam sie 1969 als Lehrerin nach Bad Dürrenberg, wo sie auch heute noch gemeinsam mit ihrem Mann lebt. Inzwischen genießt sie ihren Ruhestand. Regina Oversberg hat zwei Kinder und drei Enkelkinder. Ihr erstes Buch erschien 2011. Darin setzt sie sich mit ihrer Familiengeschichte auseinander. Inzwischen schreibt sie mit Begeisterung und Freude Geschichten und Märchen, die sie in verschiedenen Büchern veröffentlich hat.